"Todas nós temos anseio pelo que é selvagem.(...) Ensinaram-nos a ter vergonha desse tipo de aspiração, mas a sombra da Mulher Selvagem ainda nos espreita de dia e de noite. Não importa onde estejamos, a sombra que corre atrás de nós tem decididamente quatro patas."

Clarissa Pinkola Estés

Para todas nós, mulheres.

Anabella López

Título: Barbazul
Texto © Copyright 2016 Anabella López
Ilustrações © Copyright 2016 Anabella López

Editora responsável: Rosana de Mont'Alverne Neto
Coordenação editorial: Juliana Mont'Alverne Flores
Tradução: Susana Ventura
Revisão: Bruno Silva D'Abruzzo
Projeto gráfico: Anabella López

L864 López, Anabella
Barbazul / Anabella López. - 2. ed. - Belo Horizonte : Aletria, 2022.
36 p. : il.; 21,5 X 31,5 cm
ISBN 978-85-9526-038-2
1. Literatura infantojuvenil. I. López, Anabella. II. Título.
CDD: 028.5

Catalogação na publicação elaborada pela bibliotecária Janaina Ramos – CRB-8/9166
Índice para catálogo sitemático : I. Literatura infantojuvenil

Nota da editora:
Nesta edição, a autora Anabella López oferece a sua interpretação do célebre conto "Barba-Azul", de Charles Perrault. E para exprimir de modo mais forte essa sua releitura – "uma escolha estética inspirada pela energia animalesca do personagem, transmutado em entidade bicho-homem" –, a grafia do nome foi alterada para Barbazul.

aletria EDITORA

ALETRIA EDITORA
Praça Comendador Negrão de Lima, n.º 30-D - Bairro Floresta
Belo Horizonte - MG - Brasil | CEP: 31015-310
Tel: +55 31 3296-7903
www.aletria.com.br - editora@aletria.com.br

BarbazuL

ANABELLA LÓPEZ

Baseado no conto de Charles Perrault
Tradução: Susana Ventura

aletria EDITORA

2ª Edição . Belo Horizonte . 2022

Há muitos anos, em uma época obscura da história, existiu um homem que tudo possuía.
Sua riqueza era imensa e todos os seus desejos eram realizados.
Sua única maldição era que aquele homem tinha a barba azul. Essa situação o tornava tão único e tão diferente em sua terra, que ninguém chegava perto dele. Sequer se lembravam de seu nome verdadeiro, motivo pelo qual era chamado de Barbazul.

Um dia, aproximou-se de seu castelo uma vizinha muito astuta, que pretendia apresentar-lhe suas duas lindas filhas. Barbazul compreendeu logo quais eram as intenções daquela mulher e, aproveitando a oportunidade, pediu a ela que lhe desse uma das duas em casamento. Obviamente, nenhuma das jovens queria aceitá-lo como marido e pediram para a mãe que não as deixasse a sós ali.

Barbazul entendeu o que se passava e teve uma ideia. Organizou várias festas, que duraram semanas, e convidou não apenas as duas irmãs, mas também a mãe e vários dos amigos da família delas. Todos dançaram, riram e passaram as noites passeando pelos imensos e gelados jardins do palácio.

Ao final da última noite de festa, a mais velha das irmãs estava fascinada por Barbazul e decidiu que aceitaria com alegria casar-se com ele. A festa de casamento foi impressionante e todo o povo foi convidado. Todos os que estavam próximos do casal pareciam felizes, porém, podia-se sentir no ar uma brisa espessa e turva, que os envolvia por completo.

Vários meses se passaram, até que um dia Barbazul teve de partir em viagem de negócios. Pediu à sua mulher que se divertisse em sua ausência e que aproveitasse para conversar e passear com suas amigas.

— Querida esposa, aqui estão todas as chaves do palácio. Ninguém mais além de mim sabe onde elas estão e, no tempo em que eu estiver ausente, só você poderá tê-las. Ande por todos os aposentos que desejar, abra e feche quantas portas quiser. Só uma coisa lhe proíbo: que você entre no

quarto do último andar do palácio. Confio em você e sei que saberá respeitar minha proibição. Esta é a chave do quarto proibido e ela é um precioso instrumento mágico: se você abrir aquela porta, não haverá nenhuma maneira de fazer com que esta chave se cale.

Ela prometeu obedecer, beijando amorosamente seus lábios e abraçando-o com ternura. Depois de algumas horas, Barbazul montou em seu cavalo e foi com tristeza que ela o viu partir.

As amigas não tardaram a chegar ao castelo, pois estavam ansiosas para conhecer todas as riquezas de Barbazul. Observaram e tocaram cada objeto e cada relíquia. Provaram todos os manjares da cozinha e não deixaram de gabar a sorte da amiga que, no entanto, não conseguia desfrutar completamente da visita por sentir-se interiormente mal.

— Será que ele me esconde alguma coisa? O que haverá naquele quarto esquisito? — perguntava-se o tempo todo.

Dominada pela curiosidade, não duvidou em subir as antiquíssimas escadas. Eram centenas de degraus e dezenas de andares, mas, correndo, num minuto ela chegou à porta do quarto proibido.

A tentação era tão forte que não pôde resistir. Parou por um instante, olhando para a chave com medo e, tremendo, finalmente abriu a porta.

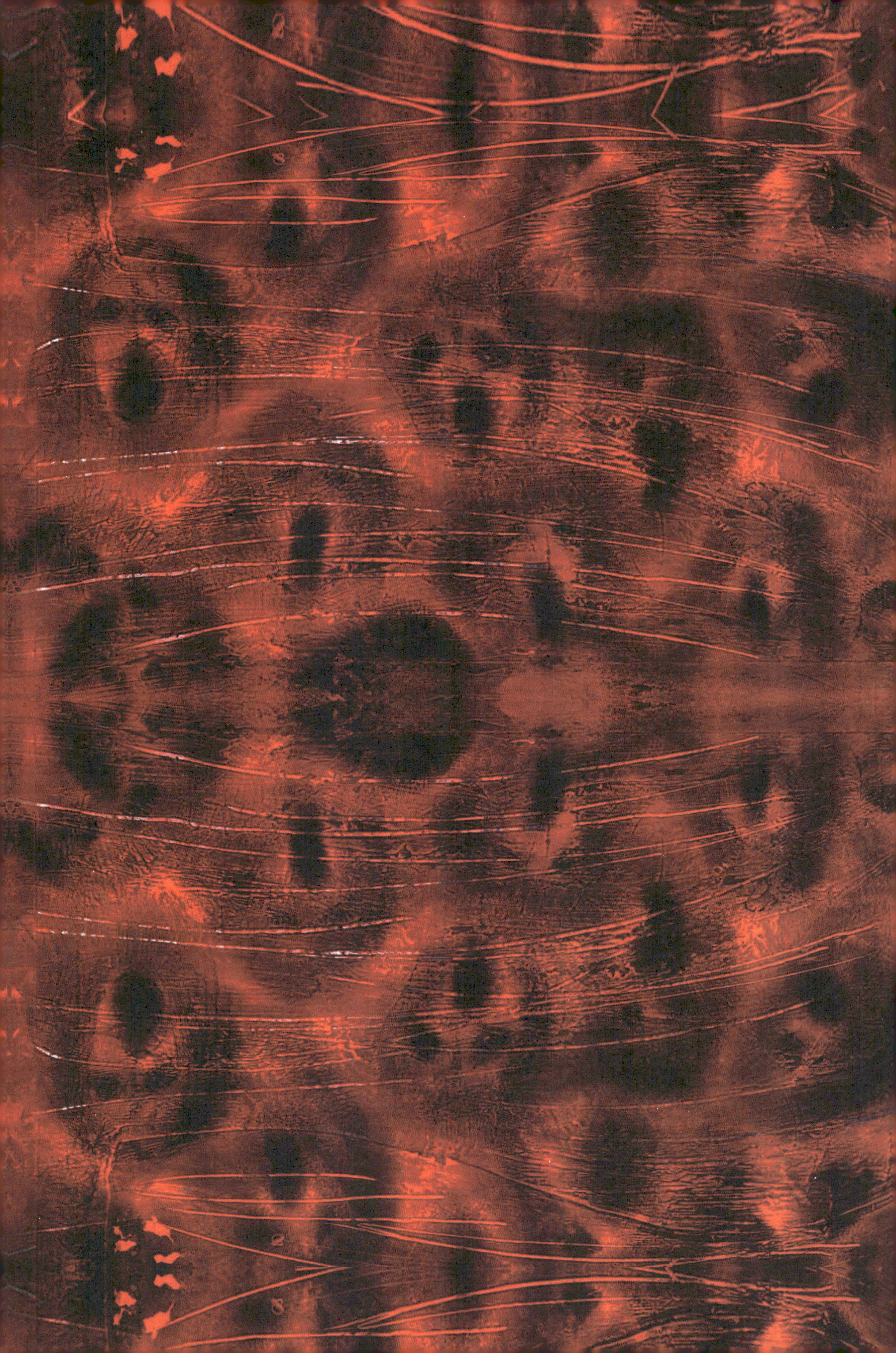

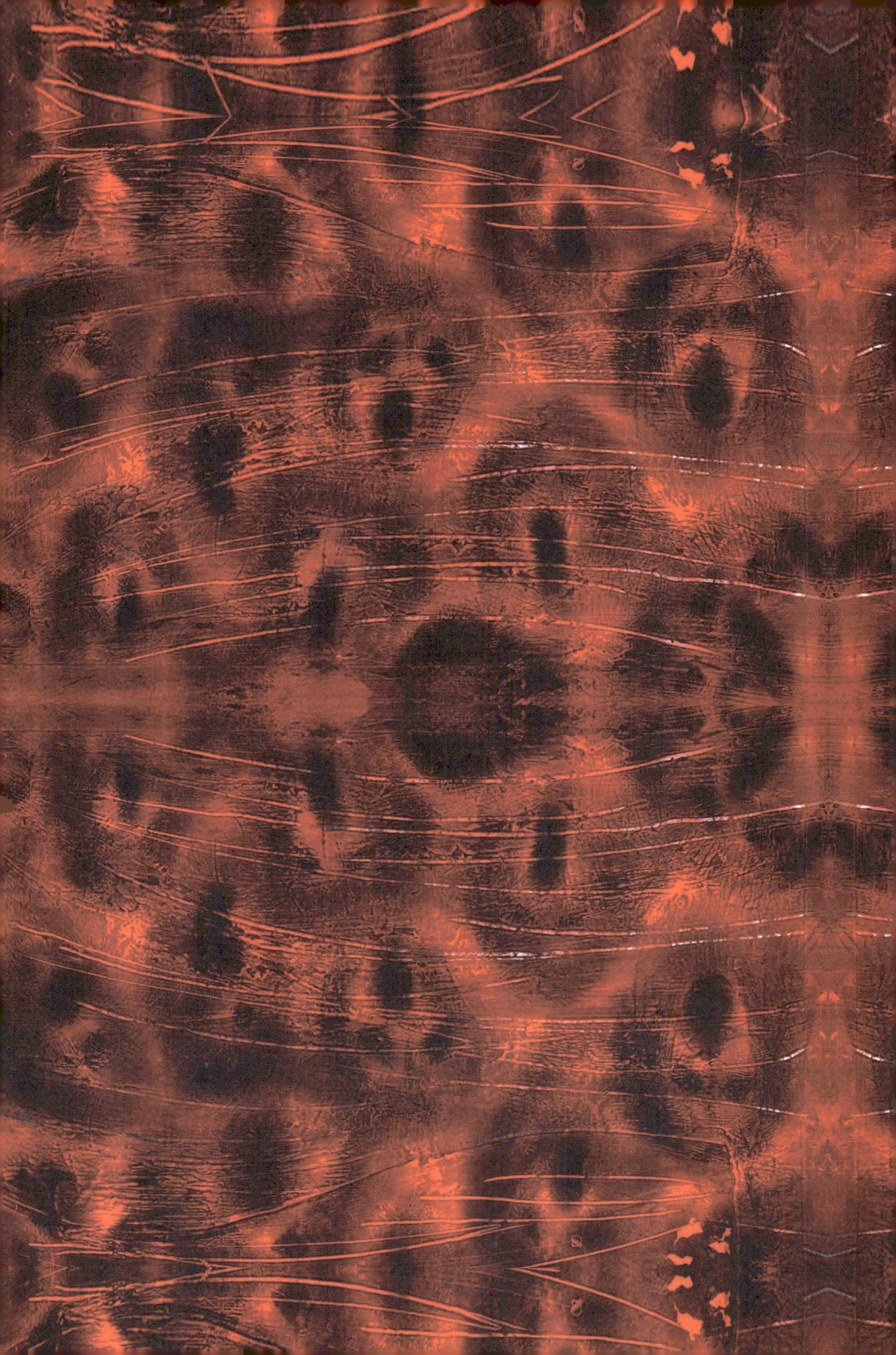

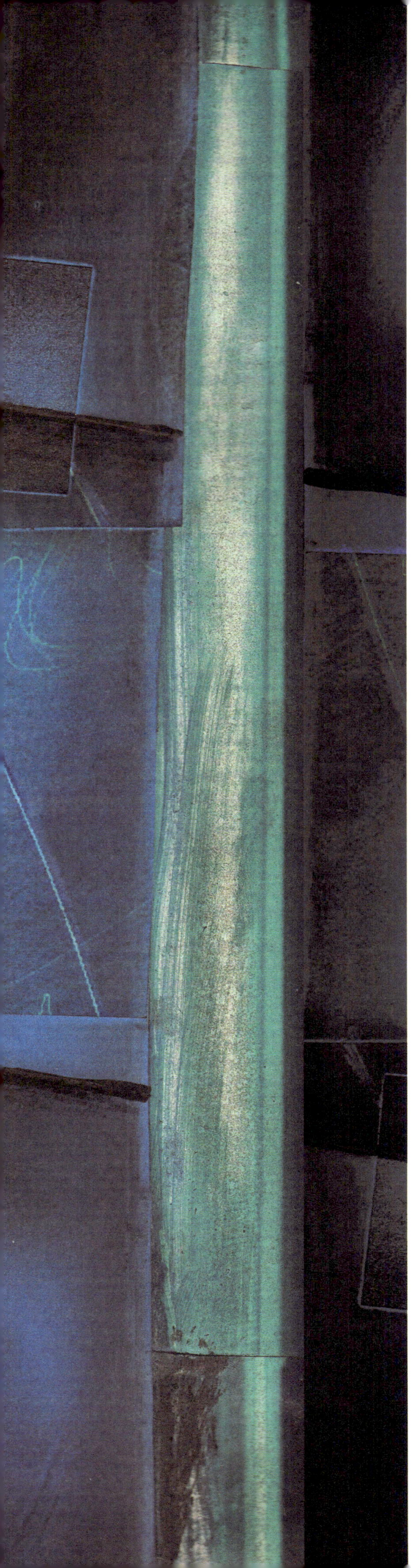

Todo o quarto estava em penumbra e, de início, não conseguiu vislumbrar nada. Mas logo, para seu horror, viu que o chão estava completamente coberto de sangue. O mesmo sangue que gotejava dos corpos de várias mulheres mortas penduradas no teto.

Num instante entendeu tudo. Aquelas mulheres haviam sido as esposas anteriores de Barbazul que, como ela, não conseguiram guardar seu segredo. Começou a chorar desesperadamente e a chave mágica escorregou pelos seus dedos caindo no chão.

Assim que se recuperou um pouco, ela recolheu a chave cuidadosamente e desceu para seus aposentos.

Enquanto limpava seu vestido e pensava no que iria fazer, deu-se conta de que a chave estava manchada de sangue e que seu formato original havia mudado. Tentou de mil maneiras limpar o sangue, mas foi inútil. Barbazul tinha razão: a chave nunca se calaria.

No dia seguinte, Barbazul regressou, dizendo para sua mulher que, por alguma razão inexplicável, tivera de voltar mais cedo da viagem. Imediatamente depois de almoçar, pediu-lhe as chaves. Ela as entregou, mas seu rosto estava tão pálido e suas mãos tão frias, que ele soube de tudo naquele mesmo momento.

— Por que não cumpriu com sua promessa? – perguntou Barbazul.
— Não sei – respondeu ela, com profundo pesar na alma.
— Eu sim, eu sei – continuou Barbazul. — Aquele que procura, acha, e você achou o seu destino. Você é igual às outras! Não é a minha eleita! – gritou com fúria.

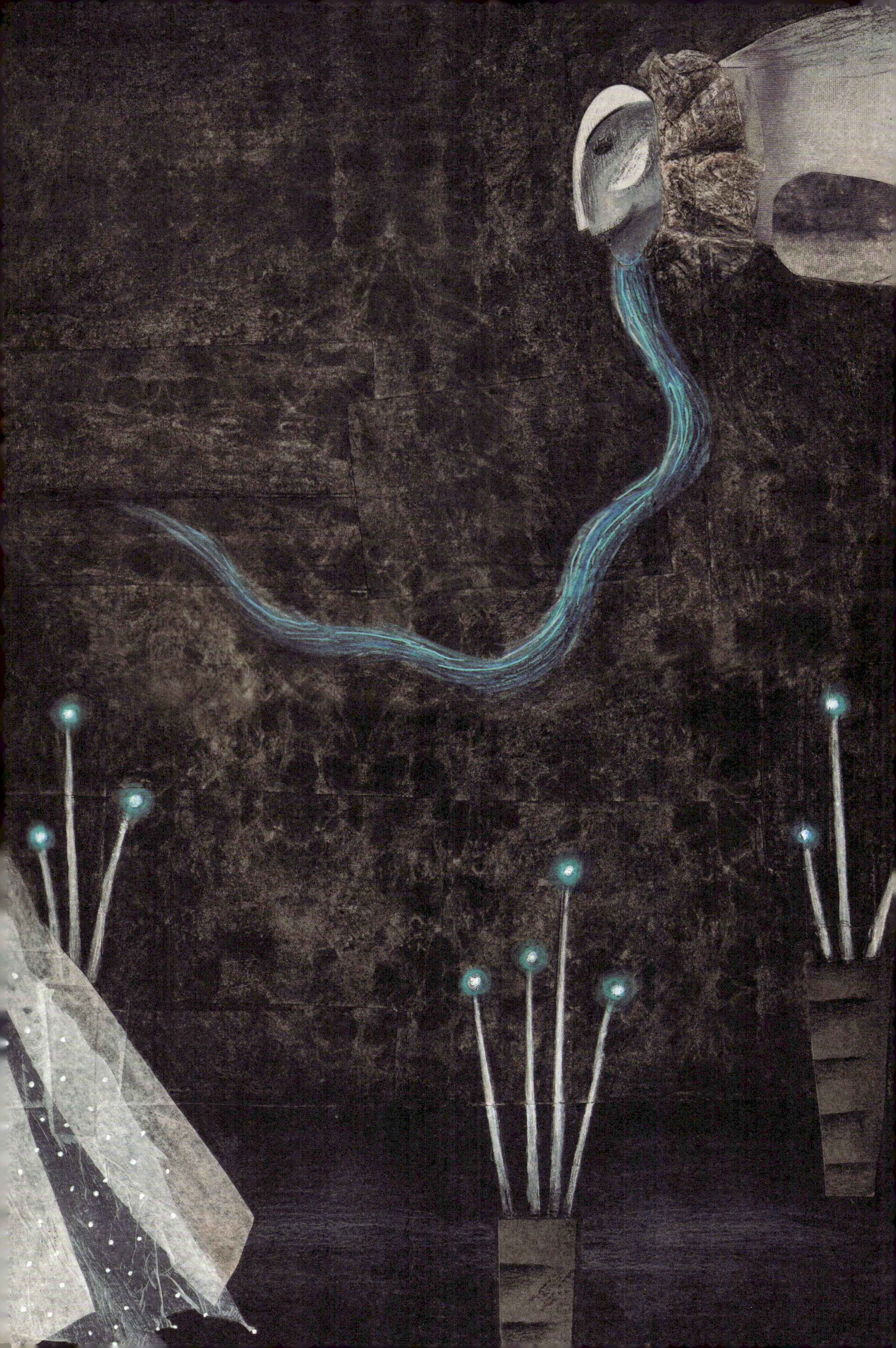

Ela gritou, chorou e suplicou. Mas a dor de Barbazul era tão intensa, que seu coração havia se endurecido completamente.

— Você vai morrer — disse —, e será agora mesmo.

— Eu sei – ela respondeu, olhando para ele fixamente. – Já vi meu destino. Só peço uma coisa: conceda-me meia hora para que eu reze por minha alma.

— Dou quinze minutos, nem um a mais – respondeu ele, e se afastou rapidamente.

Assim que se viu sozinha, ela chamou sua irmã e disse:

— Por favor, peço que suba na torre e me diga se vê chegarem nossos irmãos. Prometeram-me que viriam de visita hoje.

Sua irmã Ana subiu sem demora na torre e a pobre mulher, angustiada, gritava a cada dois minutos:

— Ana, minha irmã Ana, não vê ninguém chegando?

— Não, não vejo – respondia a jovem.

Enquanto isso, Barbazul se tornava a cada minuto mais impaciente e gritava:

— É chegada sua hora!

— Já vou – respondia a mulher, e voltava a perguntar à irmã:

— Ana, minha irmã Ana, não vê ninguém chegando?

— Vejo algo bem longe...

— São nossos irmãos?

— Ai não, irmã! É só um bando de pássaros.

— É chegada sua hora! – tronava de novo Barbazul.

— Um segundo, por favor – respondia a mulher, e logo voltava a perguntar:

— Ana, minha irmã Ana, não vê ninguém chegando?

— Agora sim, os vejo – respondeu –, mas estão ainda muito longe...

Vou sinalizar para que se apressem.

Barbazul estava muito furioso e não parava de gritar. O ruído era tamanho e tão insuportável, que a pobre esposa não viu outra saída e desceu as escadas. Chorando e tremendo, ajoelhou-se diante dele para pedir clemência.

— É inútil — disse Barbazul —, você vai morrer.
Em seguida, levantou-a pela cintura e, olhando fixamente para ela, preparou-se para estrangulá-la.

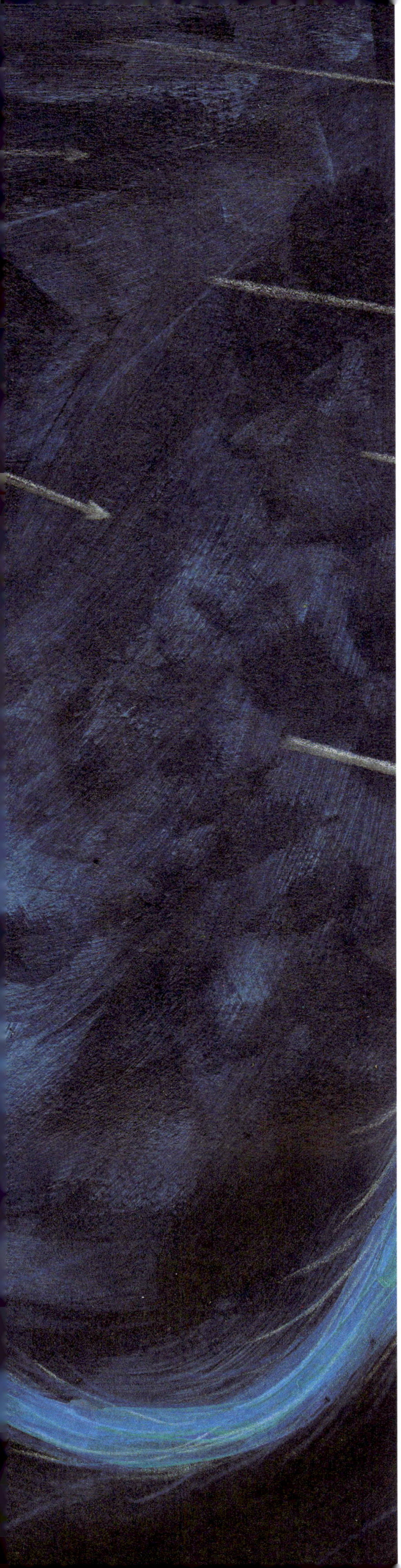

De repente, escutaram batidas muito fortes na porta e Barbazul parou bruscamente. Tão logo a porta se abriu, dezenas de lanças cortaram os ares. Eram os irmãos da mulher que, furiosos, aproximavam-se, correndo a toda velocidade. Barbazul tentou escapar, mas não conseguiu ir muito longe. Várias lanças o alcançaram e seu corpo tombou morto no meio da sala. Os irmãos ajudaram a mulher a se levantar e a abraçaram com força.

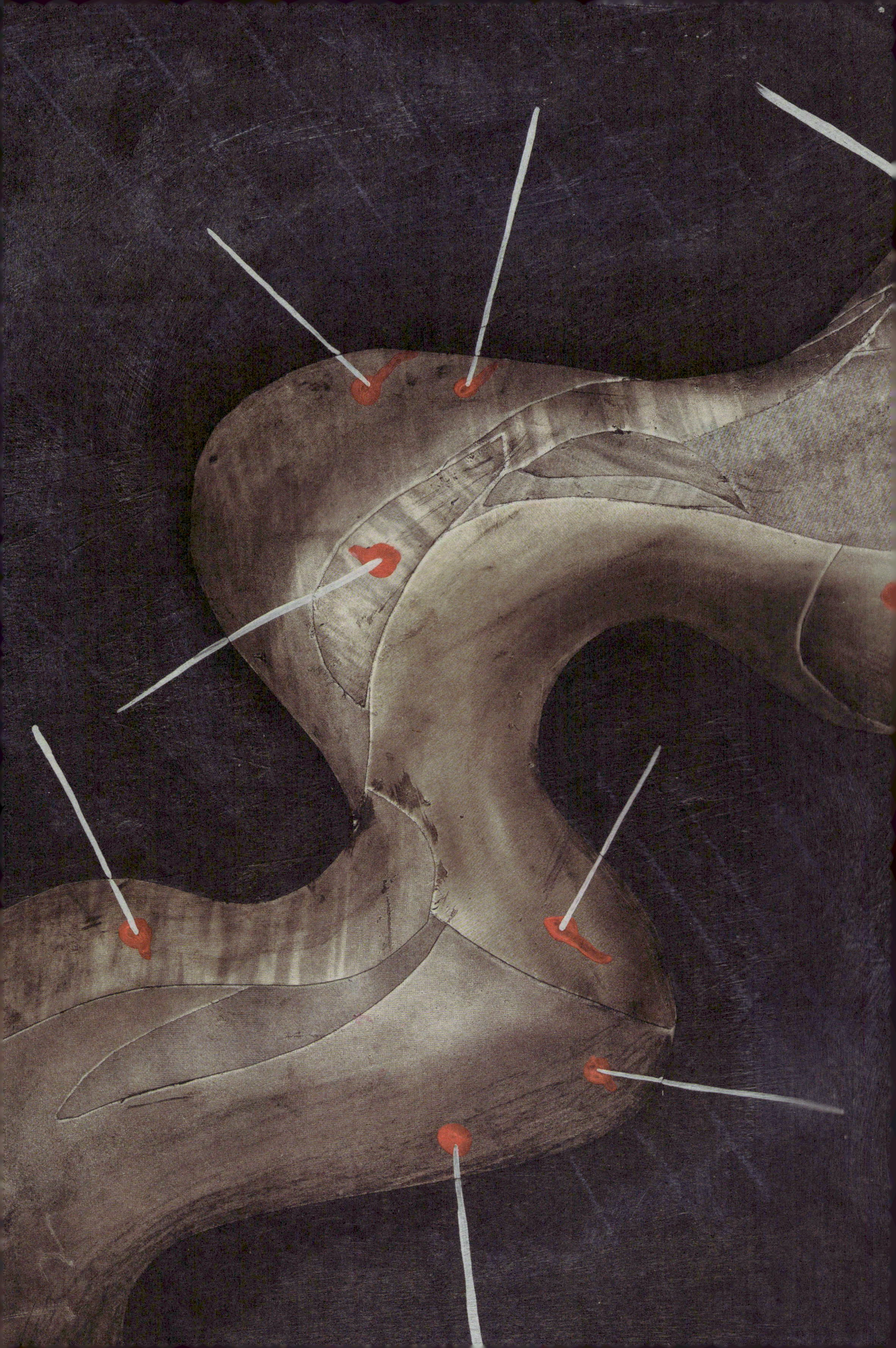

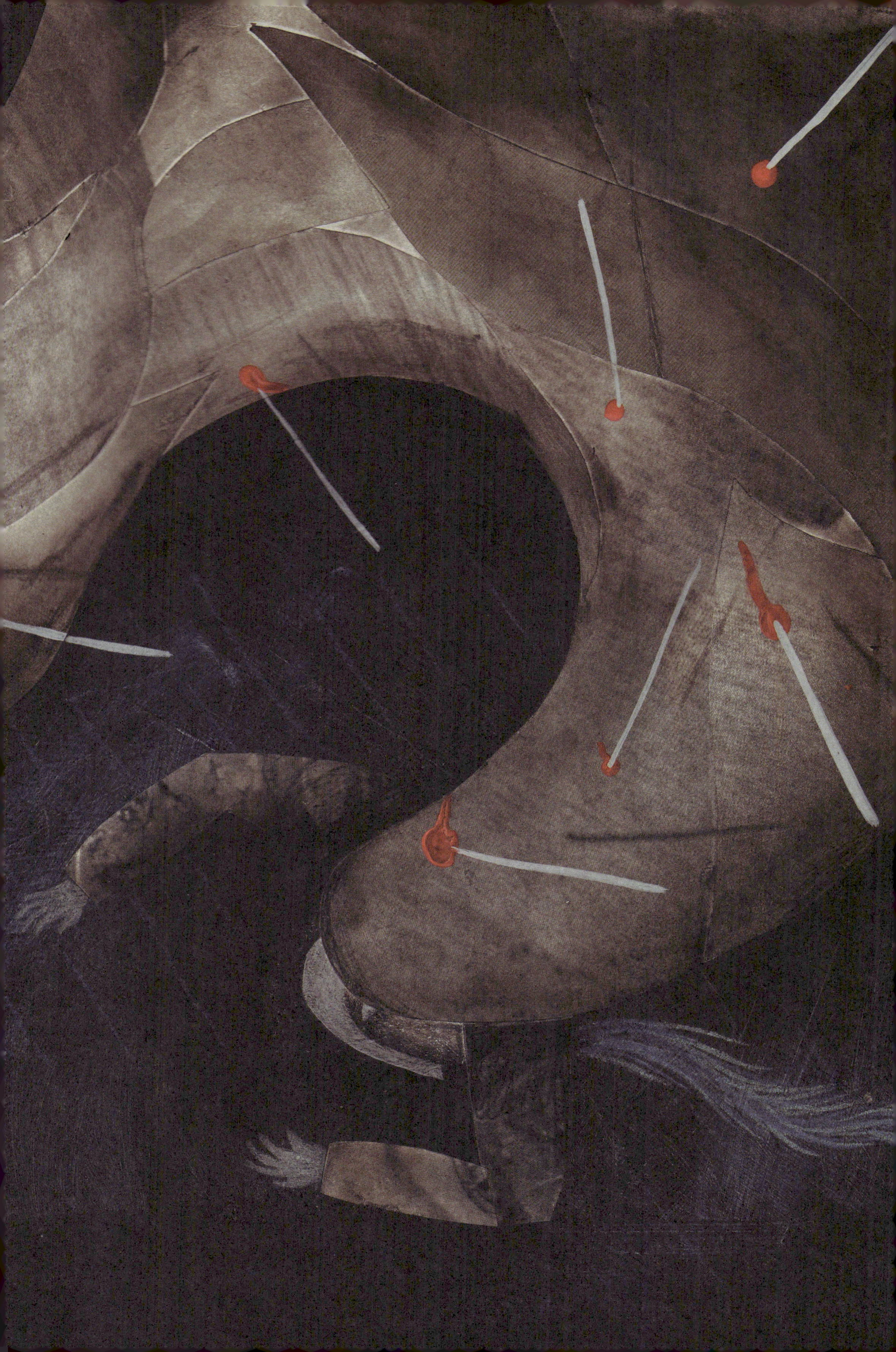

Como Barbazul não tinha herdeiros, sua mulher se tornou a dona de todas as suas riquezas e partilhou com a família e os amigos. Passados alguns meses, sua irmã e seus irmãos se mudaram com ela, para que pudessem viver todos juntos e felizes. Nunca faltou alegria, canções e festas no castelo.

Dentro dos jardins gelados que rodeavam suas terras, a mulher decidiu enterrar as outras esposas do Barbazul, para que suas almas descansassem em paz.
E junto das tumbas plantou centenas de flores vermelhas, para que todo o mundo se lembrasse delas para sempre.

SOBRE ANABELLA LÓPEZ

Nasci na Argentina em novembro de 1984. Sou formada em design gráfico pela Universidade de Buenos Aires, onde também lecionei por vários anos. Fui professora na primeira escola de ilustração de Buenos Aires, a Sótano Blanco, e atualmente sou professora fundadora da escola de ilustração Usina de Imagens, no Recife, PE.

Ao longo de minha carreira como autora, publiquei mais de 40 livros, editados na Argentina, Brasil, México, EUA, Canadá, França e Emirados Árabes. Em 2011, meu trabalho foi selecionado para participar da mostra internacional de ilustração "Le immagini della fantasia", em Sàrmede, Itália, representando o meu país dentro do seu catálogo. Em 2015, meu livro *A força da palmeira* ganhou o primeiro lugar no Prêmio Jabuti, categoria Ilustração de Livro Infantil ou Juvenil. Alguns de meus trabalhos já foram adaptados e animados para a TV pública argentina.

Trabalhar na criação de *Barbazul* foi a realização de um grande sonho para mim. Passei vários meses dedicada à pesquisa, aos desenhos, esboços e experimentações gráficas para conseguir chegar ao conceito final do livro. *Barbazul* é uma história muito forte que desde sempre me atraiu enormemente. O mistério que envolve os personagens, os símbolos que vão aparecendo no meio da história, o jogo de esconder e revelar mistérios dentro do castelo, por trás daquela barba... Uma chave, uma mulher, uma porta, um segredo.

Barbazul não é um livro para crianças ou um livro para adultos, ele é um livro para todos. Um livro dedicado às mulheres, mas que deveria ser lido especialmente pelos homens. Um conto de sabedoria antiga que chega na profundidade da psique fazendo-nos refletir sobre nossos próprios medos, segredos, poder e limites.

WWW.ANABELLALOPEZ.COM

SOBRE CHARLES PERRAULT

Charles Perrault (1628-1703) é um dos mais famosos escritores de contos infantis de todos os tempos, considerado o pioneiro desse gênero pelo acabamento dado a suas histórias. Francês, nasceu e morreu em Paris, aos 75 anos. Começou a escrever seus contos mais conhecidos quando já tinha mais de 60 anos de idade, inspirado nas histórias contadas sobretudo por sua mãe e com o intuito de poder contá-las aos seus próprios filhos. Com isso, e talvez sem saber, criou as origens dos contos de fadas, que perduraram e encantam até hoje gerações e gerações de crianças e adultos.

Seus textos mais famosos e mundialmente traduzidos e adaptados, como *Chapeuzinho Vermelho*, *O Gato de Botas*, *Cinderela*, *A Bela Adormecida*, entre outros, apresentam esses traços da tradição oral de contar histórias, que remete aos primórdios da comunicação humana e por meio da qual os homens expõem seus sentimentos e invenções, bem como expurgam seus medos e fantasmas. Este é o caso de *Barba Azul*, publicado pela primeira vez em 1697 e que até hoje nos causa um frio na espinha!

Esta obra foi composta nas fontes Filosofia
Regular e Filosofia Italic em novembro
de 2022 para Editora Aletria.